OLAVO BILAC

CONFERÊNCIAS LITERÁRIAS

O RISO

- 19

Copyright © desta edição, 2020 Faria e Silva Editora

EDITOR
Rodrigo de Faria e Silva

REVISÃO
Diogo Medeiros

PROJETO GRÁFICO E CAPA
Globaltec

DIAGRAMAÇÃO
Globaltec

IMAGEM DA CAPA
"Gamin ou gamine?" Desenho de Victor Hugo – 19o Século –
Maison de Victor Hugo – Hauteville House –
CC0 Paris Musées/Maisons de Victor Hugo Paris-Guernesey

Dados Internacionais de Catalogação na Publicação (CIP)

B595r Bilac, Olavo; Rio, João do (Introdução)
 O Riso / Olavo Bilac, – São Paulo: Faria e Silva
 Editora, 2020.
 48 p. – Tarumã

ISBN 978-65-81275-11-2

 1. Ensaios brasileiros 2. Discursos brasileiros

CDD B869.5
CDD B869.4

Obra publicada originalmente no livro Conferências Literárias (Kosmos, 1906)
Introdução de João do Rio tirada do livro Momento literário (Garnier, 1909)
Edições do Acervo da Biblioteca Brasiliana Guita e José Mindlin utilizada para cotejo.
Este livro segue as regras do novo do acordo ortográfico.

www.fariaesilva.com.br
Rua Oliveira Dias, 330
Jardim Paulista - São Paulo – SP

Nota do Editor

O texto que abre este livro trata-se de uma compilação do encontro de João do Rio com o poeta Olavo Bilac, e desnuda o mito em torno da figura do príncipe dos poetas. Foi publicado no livro O Momento literário *(H. Garnier, Livreiro-Editor), que reuniu mais de 40 encontros de João do Rio com os mais importantes escritores em atividade naquele começo de século XX, além de Bilac, Coelho Netto, Sylvio Romero, Raymundo Correia, Medeiros e Albuquerque, Mario Pederneiras e muitos outros, escolhidos para falar sobre "problemas de arte, de literatura e da vida intelectual do Brasil".*

Achamos interessante abrir o inusitado e instigante O Riso*, palestra proferida por Bilac, com esta apresentação, não menos inusitada e instigante, sobre o poeta, elaborada por João de Rio. O texto principal é um tratado sobre o Riso, tema profundamente estudado pelos filósofos de todos os tempos e aqui, elencando sua erudição, Bilac nos introduz em seus aspectos mais curiosos e nos apresenta uma visão contundente com toda a poeticidade e lirismo próprios do príncipe de nossos poetas, e nestas páginas compreendemos um pouco do porque deste epíteto.*

Em ambos os textos optamos por deixar ali e aqui alguns marcos da língua portuguesa de outrora, nas crases, na pontuação, na grafia dos nomes próprios, num ou noutro vernáculo ou construção gramatical, desde que não comprometesse a intelecção do texto e ajudasse a não perder de todo o espírito estilístico da época.

Bilac

Por João do Rio

A casa do poeta é de uma elegância delicada e sóbria. Ao entrar no jardim, que é como um país de aromas, cheio de rosas e jasmins, ouvindo ao longe o vago anseio do oceano, eu levava n'alma um certo temor. Eram oito horas da manhã, apenas oito horas. A rua parecia acordar naquele instante, os transeuntes passavam com o ar de quem ainda tem sono, e o próprio sol, muito frio e formoso, parecia bocejar no lento adelgaçar das névoas.

— Só muito cedo encontrar-me-ás em casa, dissera ele, e eu mesmo sabia que o cantor do *Caçador de Esmeraldas* acorda às 5 da madrugada, escreve até às dez, sai e não recolhe senão depois da meia noite, porque o entristece ficar num gabinete sem outra alma, à luz dos bicos de gás.

Quando, porém, ia tocar o timbre de um velho bronze, o meu receio desapareceu.

Estavam as portas da sala abertas e eu via Bilac curvado sobre a mesa a escrever.

— Pode-se importunar?

— Ó ave madrugadora! Tu por aqui?

Ergueu-se com a sua aristocrática distinção. Estava todo vestido de linho branco, a camisa alva com punhos e colarinhos duros.

—Aposto que vens ver os meus cartões postais?

Eu olhava a sala onde há tanto tempo mora a Musa perfeita. As paredes desaparecem cheias de telas assignadas por grandes nomes, kakemonos de Japão, colchas de seda cor doiro velho. As janelas deixam ver o céu, a rua e as árvores entre cortinas cor de leite e sanefas de veludo cor de mosto. Do teto pende uma antiga tapeçaria francesa, a um canto um para vento de laca parece guardar mistérios no *bric-à-brac* do mobiliário—cadeiras de várias épocas, poltronas, estantes de rodízios, *guéridons*, divãs, dois vastos divãs turcos, largos como alcovas... Ao centro a mesa em que escreve o poeta, muito limpa e quase muito pequena, de canela preta, encimada por um ventilador. Os meus olhos repousam nos *bibelots*, nas jarras de porcelana cheias de flores frescas; a alma sente uma alegre impressão de confortável. O poeta faz-me sentar.

— Oito horas já? Há não sei quantas escrevo eu.

— Versos?

— Oh! não, meu amigo, nem versos, nem crônicas—livros para crianças, apenas isso que é tudo. Se fosse possível, eu me centuplicaria para difundir a instrução, para convencer os governos da necessidade de criar escolas, para demonstrar aos que sabem ler que o mal do Brasil é antes de tudo o mal de ser analfabeto. Talvez sejam ideias de quem começa a envelhecer, mas eu consagro todo o meu entusiasmo — o entusiasmo que é a vida — a este sonho irrealizável.

— Basta o entusiasmo pelo irrealizável para que um homem seja perfeito, já disse Barrés.

Bilac sorriu.

— Mas então não queres ler decididamente os pensamentos dos quarenta membros da Academia Francesa?

— Eu venho para coisas muito mais graves.

— Tenho que há na vida coisas que se dizem mas não se escrevem, coisas que só se escrevem e outras que nem se escrevem nem se dizem mas apenas se pensam. Seria feliz se me viesses perguntar aquela, que sem me entristecer nem entristecer aos outros, pudesse ser pensada, falada e escrita. É entretanto difícil...

Eu ouvia-o embevecido. A originalidade desse homem reside na sua sensibilidade extrema e sorridente, na sua impecabilidade, nessa doçura como que rítmica que harmoniza os seus períodos e o acompanha na vida. Bilac chegou à perfeição — é sagrado. Não há quem não o admire, não há quem não o louve. As fadas, que são quase uma verdade, fizeram da sua existência uma sinfonia deliciosa, e como o seu talento não tem desfalecimentos e a sua atividade é sempre fecunda, a admiração se perpetua. É o poeta da cidade como Catullo o era de Roma e como Apuléo o era de Carthago. Todos o conhecem e todos o respeitam. Os editores vendem anualmente quatro mil exemplares do seu livro de versos, realizando o que até então era o impossível. Onde vá, o louvor acompanha-o. A cidade ama-o. Nenhum poeta contemporâneo teve o destino luminoso de empolgar exclusivamente a admiração. Ele é o pontífice dos artistas e dos que o não são. Há homens que guardam em cofres tudo quanto tem escrito de esparso na sua múltipla colaboração jornalística e não há um dia em que pelo menos não receba dos confins da província ou dos bairros aristocráticos meia dúzia de cartas chamando-o de admirável. E nunca a sua túnica branca teve uma ruga desgraciosa, nunca nos seus períodos a elegância deixou de brilhar. Quando escreve, os jornais aumentam a tiragem com as suas crônicas, e o seu estilo impecável aureola de simpatia todos os assuntos; quando fala, as suas palavras admiráveis, talhadas como em mármore e diamante, lembram os jardins de Academus e as prosas sábias do cais de Alexandria, no tempo dos Ptolomeus. E todos sentem a fascinação do encanto — as turbas confusas e os homens inteligentes.

É o portador do espírito da Hellade. No portal da sua morada bem se podia gravar o misterioso enigma da Antologia: — «Nasci no bosque sagrado e sou feito de ferro. Tornei-me o secreto depositário das musas e quando falo, intérprete e confidente único, ressoa o bronze eternamente.»

E, entretanto, há por vezes no seu sorriso uma irônica amargura, na sua voz, que se vela, a secreta tristeza de quem está resignado a não dizer grandes verdades necessárias, e na sua alma, destinada à aclamação, uma delicadeza, uma modéstia infinita. Dois escritores ele os lê diariamente, ou pela manhã antes de começar a trabalhar, ou à noite antes de dormir: Renan e Cervantes. A vida fê-lo vestir os ímpetos e a imensa paixão lírica no burel de uma suave ironia. Quem o lê pensa em Luciano de Samosata, no ridículo do herói manchego, no travo das fantasias desfeitas. Mas, de raro em raro, surgem, como a reivindicação das ideais generosas, as tristes e delicadas imprecações da sua prosa, e em conversa muita vez quando todos riem, um doloroso suspiro de cansaço e tédio passa no seu lábio, de todos despercebido. E é ainda essa alma esquisita que cora e se confunde, quando pela milésima vez numa tarde alguém se lembra de dizer que o acha incomparável.

Talvez, por isso, o poeta sensual dos amores imensos, o vate embevecido nas vozes das estrelas, aquele que durante vinte anos dera intenções e ideais à natureza e comentara com um piparote cético as ações dos homens, curvou-se um dia para a vermina com o fulgor do seu espírito luminoso e resolveu protegê-la. Bilac hoje é um apóstolo-socialista pregando a instrução.

Todos os problemas da vida ele os pode encarar como Capus os trata nas suas peças. A instrução das crianças e o bem dos miseráveis preocupam-no seriamente. Eu o ia interromper na composição de um livro para perguntar a sua opinião sobre o estado da literatura brasileira e o papel do jornalismo para com essa mesma literatura. Ele falou-me com uma certa amargura, ligando as minhas perguntas ao seu ideal.

— Que queres tu, meu amigo? Nós nunca tivemos propriamente uma literatura. Temos imitações, cópias, reflexos. Onde o escritor que não recorde outro escritor estrangeiro, onde a escola que seja nossa? Eu amo entre os poetas brasileiros Gonçalves Dias e Alberto de Oliveira, a quem copiei muito em criança, mas não poderei garantir que eles não sejam produtos de outro meio. Há de resto explicações para o fato. Somos uma raça em formação, na qual lutam pela supremacia diversos elementos étnicos. Não pode haver uma literatura original, sem que a raça esteja formada, e já é prodigiosa a nossa inteligência, que consegue ser esse reflexo superior e se faz representativa do espírito latino na América. Ah! a nossa inteligência! É possível atacar, espezinhar, pulverizar de ridículo tudo o que constitui o Brasil, a sua civilização e o esforço dos seus filhos.

Esses ataques são em geral feitos por brasileiros. Duas coisas, porém, ficam acima dos maus conceitos: — a beleza da terra e o espírito que a habita, o encanto da natureza e a clara inteligência assimiladora dos homens. Os comerciantes, os artistas em *tournée*, os humildes e os notáveis levam daqui a impressão imorredoira de que não há país mais aberto a todas as ideais generosas, mais espiritualmente irônico. Poderíamos acrescentar: —nem mais indolente. Mas não basta haver talentos e belos livros para que haja uma literatura. Esta opinião talvez não seja uma grande novidade, mas é verdadeira. Nós nos regulamos pela França. A França não tem agora lutas de escola, nós também não; a França tem alguns moços extravagantes, nós também; há uma tendência mais forte, a tendência humanitária, nós começamos a fazer livros socialistas. Esta última corrente arrasta, no mundo, todos quantos se apercebem da angústia dos pobres e o sofrimento dos humildes. Um artista sente mais as dores terrenas que cem homens vulgares, os poetas são como o eco sonoro do verso de Hugo, entre o céu e a terra, para transmitir aos deuses os queixumes dos mortais...

A Arte não é, como ainda querem alguns sonhadores ingênuos, uma aspiração e um trabalho à parte, sem ligação com as outras preocupações da existência. Todas as preocupações humanas se enfeixam e misturam de modo inseparável. As torres de ouro e marfim, em que os artistas se fechavam, ruíram desmoronadas. A Arte de hoje é aberta e sujeita a todas as influências do meio e do tempo: para ser a mais bela representação da vida, ela tem de ouvir e guardar todos os gritos, todas as queixas, todas as lamentações do rebanho humano. Somente um louco, — ou um egoísta monstruoso, — poderá viver e trabalhar consigo mesmo, trancado a sete chaves dentro do seu sonho, indiferente a quanto se passa, cá fora, no campo vasto em que as paixões lutam e morrem, em que anseiam as ambições e choram os desesperos, em que se decidem os destinos dos povos e das raças...

Uma revista, que se fundasse, no Brasil, para exclusivamente cuidar de cousas de Arte, seria absurda. A Arte é a cúpula que coroa o edifício da civilização: e só pode ter arte o povo que já é « povo », que já saiu triunfante de todas as provações em que se apura e define o caráter das nacionalidades.

O que urge é compreender isso, e é aproveitar a lição dos fatos. Nós não temos unicamente, diante de nós, o problema do saneamento e do povoamento. Com o saneamento apenas, — livrar-nos-emos das epidemias que os mosquitos, os ratos, os micróbios transmitem de corpo a corpo, — mas deixaremos, intacta e tremenda, pairando sobre nós, a ameaça das epidemias morais, que depauperam o organismo social, e o conduzem à indisciplina, à inconsciência e à escravidão. Tratando apenas do povoamento, feito ao acaso das levas de imigração, sem fundar uma escola em cada novo núcleo de povoadores, — conseguiremos somente aumentar e dilatar o império da ignorância e da irresponsabilidade.

O problema que tem de ser resolvido, juntamente com esses dois, é o da instrução. E o que dói, o que desespera, é que toda a gente culta do Brasil tem a consciência disto, e que, há mais de um século, esta verdade, anunciada, proclamada, escrita, em todas as tribunas, em todos os livros, em todos os jornais, ainda não achou governo que a servisse em terreno prático.

Houve um silêncio. o poeta falava como um filósofo e no seu lábio a verdade vibrava. Timidamente comecei uma frase, que não chegava a ser pergunta:

— Os Estados procuram criar literaturas a parte. Ainda há pouco, logo após a publicação das minhas primeiras entrevistas sobre o momento literário, todos os Estados agitaram-se, S. Paulo, Rio Grande, Pernambuco...

— É dividir o que ainda não se pode dividir. Não há talentos do Norte nem do Sul. Há talentos brasileiros. Não posso compreender, para não citar senão um exemplo, em que os versos de Francisca Julia possam ser paulistas. Quanto à separação da nossa futura literatura ela se fará lentamente, como se vão formando a nossa raça e o nosso gosto, conforme as correntes mais ou menos fortes dos povos colonizadores. Talvez em 2500 existam literaturas diversas no vasto território que hoje forma o Brasil.

— E o jornalismo?

Olavo Braz Martins dos Guimarães Bilac, tão poeta que o seu nome é um alexandrino, limpou os vidros do binóculo e disse praticamente:

— O jornalismo é para todo o escritor brasileiro um grande bem. E mesmo o único meio do escritor se fazer ler. O meio de ação nos falharia absolutamente se não fosse o jornal — porque o livro ainda não é coisa que se compre no Brasil como uma necessidade. O jornal é um problema complexo. Nós adquirimos a possibilidade de poder falar a um certo número de pessoas que nos desconheceriam se não fosse a folha diária; os proprietários de jornal veem limitada, pela falta de instrução, a tiragem das suas empresas. Todos os jornais do Rio não vendem, reunidos, cento e cinquenta mil exemplares, tiragem insignificante para qualquer diário de segunda ordem na Europa. São oito os nossos! Isso demonstra que o publico não lê — visto o prestígio representativo gozado pelo jornalista. E por que não lê? Porque não sabe! Tenho estatísticas aterrorizadoras, fenomenais. Era natural que decrescesse a lista dos analfabetos à medida que a população aumentasse em número e civilização. Pois dá-se o contrário. Há hoje mais um milhão de analfabetos que em 1890! E digam depois que não é preciso criar escolas e difundir a instrução. Um povo não é povo enquanto não sabe ler. Admiras-te dessa minha transformação?

O poeta, que ama as cigarras e os flamboyants, o sonhador, que em tudo vê a poesia, batendo-se por um grave problema social!... Ah! meu amigo! Para mim esta é a última etapa do aperfeiçoamento, e o jornalismo é um bem.

Parou, foi até a janela, olhou o céu, que escurecera prenunciando chuva. Toda a sua figura transpirava simpatia harmoniosa. E, de entre as cortinas cor de leite, uma outra voz grave vibrou, cheia de melancolia:

«Oh! sim, é um bem. Mas se um moço escritor viesse, nesse dia triste, pedir um conselho à minha tristeza e ao meu desconsolado outono, eu lhe diria apenas: Ama a tua arte sobre todas as coisas e tem a coragem, que eu não tive, de morrer de fome para não prostituir o teu talento!»

O RISO

O RISO

(Conferência ministrada na Instituto Nacional de Música. Rio de Janeiro. 14 de Outubro de 1905.)

Uma conferência deve sempre começar por uma definição. O homem, com a sua incurável e eterna vaidade, tem, entre muitas manias, a mania de definir. Definir é determinar, precisar, saber: e nós quase sempre definimos, somente para fingir que sabemos... A verdade é que quase nada sabemos, e que, portanto, quase nada podemos definir. Sabemos o que é um triângulo, e podemos dizer com segurança: "um triângulo é um polígono de três lados". Mas não sabemos o que é o homem, nem o que é a vida, nem o que é a morte, nem o que é o universo; e, entretanto, sobre o universo, sobre a morte, sobre a vida, sobre o homem, temos cem, temos mil, temos cem mil definições!

Se perguntardes a um fisiologista o que é o riso, ele vos dirá prontamente, cravando a ponta do dedo indicador no ar, e levantando as sobrancelhas, como quem enuncia uma clara, soberana e indiscutível verdade: "O riso é um conjunto de fenômenos consistindo principalmente em movimentos de inspiração e de expiração, quase sempre ruidosos, e acompanhados de movimentos particulares dos músculos da face!" E, se, motejando involuntariamente desse tom dogmático, esboçardes à flor dos lábios um sorriso, o fisiologista, completando a definição, continuará: "E o sorriso, que é a sub-forma do riso, consiste em movimentos particulares dos músculos da face, especialmente dos orbiculares e dos triangulares dos lábios, dos zigomáticos e dos masseteres, sem exacerbação sensível dos movimentos respiratórios!"

Oh! a mania de definir! Justamente a propósito do riso, querendo afirmar que, como dizia Rabelais, *"rire est le propre de l'homme"*, um velho naturalista definia o homem "o animal que ri". O que fazia o grande Bacon ponderar que tão completa, para não dizer tão tola e ridícula, como essa, seria qualquer destas definições: "o homem é um animal que usa sapatos" ou "o homem é um animal que se veste"...

O homem é um animal que ri? Mas todos os animais sabem rir! - não riem, como o homem, precipitando os movimentos de inspiração e de expiração, e contraindo e dilatando os músculos da face, - mas riem como sabem e como podem, ao seu modo: o cão ri com a cauda e com os olhos, a ave com a palpitação das asas, o gato com as unhas e com o dorso, o macaco com todo o corpo. Que sabemos nós das anedotas, que contam uns aos outros ou umas às outras, entre frouxos de riso que não ouvimos e não podemos perceber, os elefantes dentro de suas florestas natais, as borboletas quando revoam sobre as flores, as formigas no fundo das suas tocas?

Dispensemos a definição, - meus senhores; ou, se, absolutamente, quereis uma definição, ide pedi--la, não aos fisiologistas, mas... aos poetas; sobre essas questões, que entendem mais com o espírito do que com o corpo, os poetas, apesar da sua ignorância aparente, possuem uma ciência ingênita, revelada pelo coração, - órgão que neles funciona melhor do que o cérebro. Pedi essa definição aos poetas, e eles vos dirão que o Riso, irmão gêmeo da Lágrima, expressão da bondade e da maldade, veículo da piedade e do sarcasmo, da alegria inocente e da ironia perversa, é uma das duas faces da alma misteriosa que anima todos os seres e todas as cousas.

Todos os seres e todas as cousas, - porque nem somente o homem e os outros animais riem e choram... Há riso às vezes, como às vezes há lágrimas, nas árvores e nas águas, nas pedras e nas nuvens. Todas as paixões humanas, e todas as modalidades de expressão, que essas paixões revestem, terão as suas correspondentes em toda a Natureza. O homem não é uma parcela de vida independente e autônoma. É uma parte integrante da vida universal. Laços íntimos, apertados, inextricáveis, ligam a nossa existência à existência de tudo quanto nos cerca. Porque não hão-de as árvores, as águas, as nuvens, as pedras ter, como nós, alternativas de alegria e de tristeza? Há riso nas madrugadas, como há lágrimas na agonia dos dias, - porque cada crepúsculo matutino é uma esperança, e cada crepúsculo vespertino é uma saudade. As árvores riem quando se carregam de flores, como choram quando se despojam das folhas. Riem as águas quando fluem ao sol, beijando as raízes das plantas, banhando a ponta da asa dos pássaros, e choram quando tragadas pela terra, enlapando-se nas furnas, escondendo-se no seio escuro da floresta... Assim, o Riso é a vida, a força, a saúde, a expansão espiritual de todos os seres e de todas as cousas: a definição é de poeta, mas nem por isso é mais incompleta ou mais fútil do que a dos fisiologistas!

Afastada a dificuldade da definição, estudemos o riso humano, - e façamos o possível para que a conferência, dizendo com o assunto, seja alegre. Não sei se ela será toda alegre... Shelley disse, em dois lindos versos, que "o nosso riso mais franco traz sempre consigo alguma tristeza"; João de Deus escreveu que "é de risos e lágrimas a vida"; e é fato de observação vulgar que, em certos repentes de riso exagerado, as lágrimas vêm aos olhos de quem ri, - como se quisessem dizer: - Somos tuas irmãs, ó riso! e aqui estamos, para lembrar-te o nosso parentesco! Não quero, minhas senhoras, que alguma vez choreis, ouvindo-me hoje: mas nem sempre haveis de rir, porque, no correr desta conferência, não poderei deixar de referir-me, ainda que apressadamente, a certas espécies de riso que são amarguradamente tristes...

Assentemos desde já que se não pode estabelecer uma distinção bem marcada e nítida entre o Riso e o Sorriso. O sorriso, - que é a vossa arma predileta e o vosso recurso habitual, minhas senhoras, - arma e recurso de ataque e de defesa, de franqueza e de disfarce, de aquiescência e de recusa, de amor e de desprezo, - é o esboço do riso, é um riso incompleto. O sorriso é a flor entreaberta, o riso é o fruto amadurecido. Um sorriso, - de simpatia ou de escárnio, - tende sempre a completar-se, a transformar-se num riso. Um acesso de alegria, por exemplo, começa sempre por um sorriso, que, à medida do crescer da alegria, se vai gradativamente acentuando e avultando, até abrir-se na girandola da risada. O riso é a plenitude da expressão: é um sorriso adulto, assim como o sorriso é um riso infante. É verdade que há sorrisos que nunca chegam a risos: mas também há flores que nunca se transformam em frutos...

A única distinção que se poderia talvez estabelecer entre o riso e o sorriso seria esta: o riso, franco, aberto, ruidoso, é selvagem, primitivo, natural; ao passo que o sorriso, discreto, comedido, fino, é civilizado e artificial. A criança ri francamente, porque é criança, porque ainda não sabe ser hipócrita. Nós, escravos das conveniências malditas conveniências! - raras vezes ousamos rir. A mais estúpida de todas as estúpidas imposições do que se chama "a boa educação"- consiste na quase formal e completa proibição da risada. Em todas as casas, e nas escolas, diz-se sempre às crianças: "é feio rir diante de gente!..." Que barbaridade e que tolice! o que é feio, a meu ver, é não rir quando há vontade de rir! Felizmente elas não se submetem, em geral, a essa tirania: recebem ralhos e pancadas, veem-se privadas do recreio e da merenda, mas continuam a rir.

As crianças, às quais costumamos dar o nome de "crianças terríveis", não são exceções; todas as crianças que têm bom sangue, boa saúde, boa vida, são "crianças terríveis".

Imagine-se esta cena: toda uma família reunida, à espera de um visitante, que os da casa não conhecem ainda, mas que é uma personagem cerimoniosa e influente, — que tem de ser bem recebida e bem tratada, porque pode dar um bom emprego ao chefe da família, ou arranjar um noivo rico para a filha mais velha. O chefe envergou a sua mais nova sobrecasaca, a senhora arvora o seu mais belo vestido de seda, a moçoila passou toda a noite sem dormir, com a cabeça torturada pelos papelotes, com que frisou os lindos e complicados cachos que ostenta; e a pirralhada, bem lavada, bem penteada, ouviu uma admoestação minuciosa e longa: "meninos, vejam bem o que fazem! não falem, não troquem beliscões, não se metam na conversa, não introduzam o dedo no nariz, —e, sobretudo, não riam!" Não riam! é a principal recomendação! — porque, para certos pais, a criança, que ri diante de visitas, comete um crime mais grave do que o de quebrar toda a louça, ou o de rebentar com os pés a palhinha de todas as cadeiras! Mas eis chega o visitante: é um tímido, um acanhado; entra, vai cumprimentar a dona da casa, atrapalha-se, tropeça no tapete, estende-se a fio comprido no chão. O pai, que precisa de emprego, a senhora, que ambiciona um genro, a menina, que reclama um noivo, têm vontade de rir, mas, em risco de estourar, contém o riso... A pirralhada, não! varre-se-lhe da cabeça a recordação dos conselhos e das ameaças; os pequenos sabem que, dali a pouco, quando o visitante se for embora, inaugurar-se-á para eles o regímen do chinelo, do puxão de orelhas, do sono sem ceia; mas riem, riem à farta:

— é uma sinfonia de risadas, é um fogo de artifício, de notas agudas e graves, correndo toda a escala do júbilo: porque conter o riso de uma criatura nessa idade, é tão difícil como impedir que a seiva suba e desça pelo caule de uma planta forte...

O riso é necessário. A prova disso é que até nos adultos, súditos e servos das conveniências, há ocasiões em que ele é irreprimível. Há quem tenha perdido uma fortuna, quem tenha comprometido todo o seu futuro, quem tenha arriscado a vida por causa de uma risada inconveniente: lá vem um momento em que a necessidade de rir, como uma lei imperiosa e fatal, rompe todos os diques, e, impetuosa, estronda em explosões escandalosas. Há situações em que o homem ri... ou morre.

O riso faz bem. Não é preciso ser fisiologista ou higienista, para saber que ele é higiênico, porque, alterando e ativando a respiração, altera e ativa a circulação do sangue. Também é verdade que o riso pode fazer mal: quando exagerado, pode matar... É a triste condição da sorte humana: todas as cousas boas, em geral, podem matar. Mas os malefícios do rir são raros e excepcionais; os seus benefícios é que são constantes e regulares. Há casos de moléstias curadas e de acidentes remediados pelo riso, médico que todos têm em casa, e que não pede dinheiro aos doentes. Erasmo, o autor do Elogio da Loucura, conta que certa vez, torturado por um abscesso maligno, começou a ler, para se consolar, as *Epistolae obscurorum virorum*, escritas no latim bárbaro dos teólogos escolásticos, e, em certo ponto da leitura, riu tanto da incongruência do estilo, que o abscesso rebentou por si mesmo. E há casos de pessoas engasgadas com uma espinha, em que as cócegas, provocando um frouxo de riso, são mais eficazes do que o emprego das sondas e das pinças esofagianas... Abençoado seja o riso, que até faz concorrência aos cirurgiões!

Já um pedagogista inglês, citado por Sully, lembrou a necessidade da criação de "Escolas de Riso", para as crianças. Parece uma fantasia de... inglês. Mas é uma ideia, e uma ideia em que não vejo extravagância, porque revela o intuito de desenvolver nas crianças uma disposição natural que vai desaparecendo.

O riso é tão natural, que ninguém o ensina às crianças. O recém-nascido começa a sorrir logo no primeiro mês de vida. Há neste auditório com certeza muitas mães: eu bem sinto a sua presença, por uma espécie de atmosfera moral de simpatia e de carinho, que me está cercando, desde que comecei a falar de crianças... Que essas mães lembrem a ansiedade, a sofreguidão, o inquieto e delicioso sobressalto, com que, ajoelhadas junto do berço do filhinho recém-nascido, como junto de um altar, esperaram e espiaram nos seus lábios pequeninos o alvorecer do primeiro riso. Não é ainda propriamente um riso, nem um sorriso: é um gérmen de sorriso... Dias depois, o movimento dos lábios acentua-se. No quinto mês, já a criança saúda com um sorriso inteligente as fisionomias que começam a ser-lhe familiares; no fim do primeiro ano, já esse sorriso, por assim dizer, raciocina: aprova, reprova, concorda, contradiz, aceita, recusa; ao mesmo tempo, completa-se, transforma-se, em certos momentos, numa risada franca; e, dali por diante, toda a infância é um largo riso insubordinado, que zomba da estúpida imposição do "não riam!" Na adolescência, o sorriso e o riso são de amor e de triunfo: no sorriso do adolescente, há suplicas, anseios, delírios; no seu riso, riso da alegria de viver e da satisfação de amar, há clangores de clarins, e gritos de vitória. Agora, eis aí chega a virilidade, com as suas «conveniências» e com a sua hipocrisia: já não há risos nos lábios dessa criatura, ao desabrochar de cujo primeiro sorriso assistimos: há sorrisos, sim, mas nem sempre de alegria ou de amor, antes de sarcasmo, de ironia, de despeito... Chega, porém, a velhice; e, na velhice, reaparece o mesmo inocente riso da infância. Ainda há pouco tempo, visitando o Asilo da Velhice Desamparada, observei, com enternecida curiosidade, o constante sorrir dos pobres velhinhos e das velhinhas meigas, que se abrigam naquela casa de infinita misericórdia. Aquecendo-se ao sol, como embalados num sonho doce, todos eles e todas elas sorriam, com um sorriso de anjos... É que com o mesmo divino sorriso, ingênuo e puro, saúda a vida a criança, e dela se despede o ancião!

O riso é natural. Os selvagens riem, e riem talvez melhor do que nós. Um viajante inglês, Bates, diz que "os Índios do Brasil são fleumáticos, apáticos e não sabem rir." Provavelmente, esse inglês só estudou os nossos índios... da rua do Ouvidor. Ao contrário dessa opinião de Bates, todos os viajantes afirmam que todos os selvagens riem, como as crianças, com uma exuberante facilidade. O primeiro europeu, que viu e tratou os nossos índios, foi Pero Vaz de Caminha, o cronista da expedição de Cabral; e eis o que se lê, na sua famosa carta dirigida a El-Rey Dom Manoel: "Passou-se então além do rio Diogo Diniz, almoxarife que foi de Sacavem, que é homem gracioso e de prazer, e levou consigo um gaiteiro nosso com sua gaita, e meteu-se com eles a dançar, tomando-os pelas mãos, *e eles folgavam, e riam*, e andavam com ele mui bem ao som da gaita. Depois d'eles dançarem, fez Diogo ali, andando no chão, muitas voltas ligeiras e um salto real, do que eles se espantaram, *e riram, e folgaram muito*...' Toda a carta de Caminha está cheia de referências, como essa, ao riso dos selvagens do Brasil. Um viajante alemão, naturalista ilustre, Carlos Den Steinen, que longamente visitou o

Xingu, conta no livro "Entre os selvagens do Brasil Central" vários episódios da sua viagem. Um desses episódios é característico. Den Steinen entrou certo dia numa cabana, que abrigava três ou quatro famílias. As mulheres trabalhavam, reunidas, preparando, em grandes potes de barro, uma bebida fermentada: e "enquanto trabalhavam (diz o viajante) cochichavam e riam muito, trocando segredinhos e risadinhas em voz baixa, tapando a boca com a mão espalmada..." Lendo esse trecho do naturalista alemão, não pude deixar de reconhecer quão pouco diferem, na essência, a vida selvagem e a vida civilizada... Esse quadro, nas suas linhas gerais, é igual aos que contemplamos de ordinário, não em pobres ocas do Xingu, mas nas salas, onde pompeia a vida civilizada, quando as senhoras, em grupo, tagarelam e riem, *com o leque aberto sobre a boca*... Coitadas! as nossas bárbaras avós da idade selvagem não usavam leque: contentavam-se com a mão espalmada.

Os selvagens sabem rir. E riem, principalmente, sabeis do que? riem do que o homem civilizado sabe fazer e que eles não compreendem, e riem quando veem que o homem civilizado não sabe fazer o que eles fazem. Como vedes, continuamos a descobrir muitas semelhanças entre civilizados e selvagens...

Também nós habitualmente rimos do que não compreendemos, e rimos da ignorância dos outros. Outra semelhança: um missionário inglês, MacDonald, que viveu muito tempo entre os pretos bárbaros e antropófagos da África, diz que tudo deles se pode obter, quando se lhes provoca o riso: "para esses homens rudes e brutos, uma boa pilhéria vale mais do que dez argumentos..."; — nós não somos selvagens, e também assim nos deixamos levar pelo riso: e é por isso que os franceses dizem que sempre acaba tendo razão quem sabe *mettre les rieurs de son coté*.

Quereis estudar comigo, rapidamente, as causas do riso? Libertemo-nos, porém, quanto antes, do estudo de um certo riso que não é riso, de um riso que faz chorar...

Não me refiro ao riso fingido dos infelizes, esse riso forçado com que muitos desgraçados corajosamente disfarçam o seu «Mal Secreto», tão admiravelmente descrito pelo admirável Raymundo Correia, num soneto que é sempre uma delicia recitar e ouvir:

> "Se a cólera que espuma, a dor que mora
> Na alma. e destrói toda ilusão que nasce,
> Tudo o que punge, tudo o que devora
> O coração, no rosto se estampasse:

Se se pudesse o espírito que chora
Ver através da máscara da face,
— Quanta gente talvez, que inveja agora
Nos causa, então piedade nos causasse!

Quanta gente talvez, que ri, consigo
Guarda um cruel, recôndito inimigo,
Como invisível chaga cancerosa!

Quanta gente talvez, que ri, existe,
Cuja ventura única consiste
Em parecer aos outros venturosa!..."

Não! refiro-me ao riso mórbido, absurdamente provocado pelo sofrimento físico ou moral, e por certas enfermidades, das mais tristes que afligem a espécie humana. Todos vós sabeis quanto o riso histérico apunhala e retalha, às vezes, o coração de quem o ouve. Sabeis também que, muitas vezes, a dor súbita, o espanto, a mágoa fulminante fazem rir; haverá aqui quem já tenha assistido a esta cena inolvidável: uma pessoa, ao receber a notícia da morte de um ente querido, fica um instante calada, tonta, bestificada pela comoção, e de repente rompe a rir,—não porque haja enlouquecido, mas porque o inesperado da nova provocou uma explosão nervosa, que absurdamente rebentou em risadas em vez de rebentar em pranto... Há pessoas (de certo um pouco desequilibradas, mas não sei bem se haverá neste mundo quem seja rigorosamente e perfeitamente equilibrado...) que não podem assistir a uma cerimônia severa ou triste, a uma missa, a uma sessão solene, a um enterro, sem sentir uma terrível e escandalosa vontade de rir. De rir por quê? por escárnio, por irreverência, por amor do escândalo? não! o riso, aí, é um efeito extravagante e irreprimível da comoção. Há casos em que a mesma dor física provoca o riso. O cirurgião francês Lange cita o caso de um homem, que sofria de ulcerações na língua, e que, quando era medicado com a aplicação de um cáustico fortíssimo, dava uma gargalhada, justamente no instante em que a dor da cauterização atingia o seu auge. E que dizer do riso dos tetânicos, do *hemispasmo* facial dos hístero-epilépticos, do *hypertonus buccal* dos hemiplégicos,- e desse outro riso, horrivelmente triste, dos loucos, dos cretinos, dos idiotas?... Eu poderia dedicar alguns minutos a tal assunto: mas esses minutos, como incômodo moral e tristeza, valeriam séculos para quem me ouvisse...

Vejamos, de preferência, as causas do riso normal, do riso sadio.

Há, desde já, a considerar os agentes físicos do riso. Citemos apenas um: as cócegas. Haverá quem nunca "tenha sentido cócegas", como diz o povo? Duvido... Tão forte e irreprimível é o riso provocado pelas cócegas, - que essa sensação, quando prolongada, pode matar, por sufocação. Na China, - país clássico e tradicional dos suplícios e das torturas, (se podem merecer fé os viajantes, sobre os quais sempre há de pesar a pecha de mentirosos, justificada pelas escandalosas patranhas de Fernão Mendes Pinto) há algozes que excelem nessa especialidade de matar por meio de cócegas. Estranha e sinistra morte essa, provocada pelo excesso do riso!

Vamos, porém, aos agentes morais, que são inúmeros e variadíssimos, — aos agentes que, se me permitis a expressão, nos fazem cócegas... na alma.

A *imitação*. Nada é mais contagioso do que o riso. Todos nós rimos, muitas vezes, sem saber porque rimos, unicamente porque vemos rir. Ainda há poucos dias, pude observar em mim esse singular e irresistível influxo do instinto da imitação. Saíra de casa, nem alegre nem triste, sem pensamentos que me pudessem alegrar, e sem recordações que me pudessem entristecer, num estado moral de quase completa indiferença. No bonde, que me transportava à cidade, entraram dois sujeitos que conversavam animadamente, com hilaridade esfuziante, numa língua, que me pareceu russa ou polaca. Eu, naturalmente, não percebia uma só palavra do que diziam os meus vizinhos. Mas devia ser cousa de incomparável chiste, de suprema graça, — porque ambos riam exuberantemente, violentamente, escandalosamente. Eu, sem saber porque, comecei a rir sozinho... Uma senhora, madura e anafada, que vinha em outro banco, olhou-me a principio com espanto, e daí a três segundos desatou também a rir. E, daí a pouco, riam todos os passageiros do bonde, ria o cocheiro, ria o recebedor. Só não riam os burros! — porque, decididamente, parece que, em toda a Criação, o burro é a única criatura que é incapaz de rir...

A *novidade*. É um dos principais agentes do riso. O que é novo, estranho, surpreendente, quase sempre faz rir. E, quando a novidade se alia à extravagância, o riso é inevitável. Muitas vezes, é bom notar, o riso, nesses casos, só aparece depois do medo: a surpresa manifesta-se primeiro pelo susto, depois pela hilaridade. O selvagem ri do vestuário, da cor, das maneiras e da linguagem do homem civilizado; mas ri depois de se ter familiarizado com esses aspectos do indivíduo a quem pela primeira vez observa: o seu primeiro movimento é de medo ou de hostilidade. É o que se dá também com a criança, que encontra pela primeira vez um mascarado: antes de perceber o que há de cômico, de risível, na expressão da máscara, a criança recua, tremendo e chorando, ante essa novidade que choca o seu espírito. Há casos, porém, em que a novidade e a extravagância provocam incontinenti o riso. Às vezes, quando, pela rua do Ouvidor, passam grupos desses angulosos ingleses e dessas esgalgadas inglesas, que, ostentando roupas de xadrez, capacetes de lona, sólidos pés imensos, e imensas dentuças, desembarcam dos paquetes em trânsito para visitar a cidade, — os garotos formam cauda em pós dos touristes, rindo à farta; quase sempre, a gente séria protesta contra essa jovialidade dos «moleques», por considerar que tal irreverência depõe contra a nossa civilização; tolice! em qualquer das mais civilizadas cidades do planeta, o povo sempre manifesta essa hilaridade diante dos tipos extravagantes que observa... Tudo quanto contraria as ideias aceitas, estabelecidas, provoca o riso. Tudo quanto é social é convencional; tudo quanto se opõe às convenções parece imoral ou ridículo. Ninguém riria de um coxo, se todos os homens fossem coxos; ninguém riria de um homem, que sai de casa bem vestido, mas sem gravata, se não fosse geral o uso da gravata. Vós todas, minhas senhoras, rides sempre da senhora que usa mangas "de presunto" quando a Moda ordena que se usem mangas apertadas, — e vice-versa: e uma estrondosa explosão de risadas acolheria hoje, nas salas, qualquer senhora, que ousasse ostentar os enfurnados *balões* e as altíssimas *trunfas* que tão majestosamente ostentavam, na sua *toilette* de gala, as nossas avós.

As deformidades físicas... Ninguém tem culpa de ser corcunda, ou coxo, ou gago. Mas o riso provocado pelo espetáculo da miséria física é irreprimível, às vezes. Às vezes, e não sempre. O homem que risse conscientemente da fealdade de um mutilado na guerra ou num qualquer ato de nobre dedicação, seria um monstro...

Este elemento do «risível» já aparece bem indicado na Ilíada, logo no primeiro canto do maravilhoso poema. Vulcano, querendo substituir Hebe e Ganymedes mete-se a escanção, e vai servir a ambrosia aos deuses; mas é tão cômico o aspecto do deus coxo, que «todo o Olimpo estremece ao reboar de um riso inextinguível». Bem merece perdão a maldade dos homens que riem dos coxos, pois que também os deuses têm essa maldade!... Uma das criações mais cômicas da literatura universal é Falstaff, o bêbedo, o bufão, o devasso. Shakespeare amava tanto essa criação do seu gênio, que a fez aparecer em 3 peças. Falstaff não nos faz rir apenas pelos seus paradoxos, pelas suas bravatas, pelos seus repentes de graça, mas também, e principalmente, pelo seu aspecto físico. Seria fácil formar um «Dicionário da Injúria» só com os epítetos que, em *Henrique IV*, e n'*As alegres mulheres de Windsor*, são aplicados à gordura formidável de Falstaff: saco de toucinho, odre de iniquidades, salsicha ambulante, etc. Cervantes, também, para tornar risíveis os tipos de D. Quixote e de Sancho Pança, não se esqueceu de lhes acentuar o cômico do aspecto físico.

A deformidade é por tal forma risível que, em geral, os mesmos entes disformes, ou monstruosos, riem uns dos outros: não foi sem razão que o povo criou o admirável prolóquio: «ri-se o roto do esfarrapado...»

Não é possível tratar do riso provocado pela monstruosidade física, sem evocar a figura, a um tempo cómica e trágica, sublime e ridícula, de Gwynplaine, o «Homem que ri», de Victor Hugo. Conheceis o romance... Um menino, filho de lord, e destinado a ser um dia lord, é roubado por *compra-chicos*, que lhe mutilam horrendamente a face, — de modo tal, que o infeliz parece estar sempre rindo, ainda quando sofre e chora. Passam os anos. O menino faz-se homem, volta a Londres, é reconhecido como herdeiro de Lord Chaincharle, e chamado a tomar assento na Câmara Alta. A cena é tremenda de comoção, de grandeza e beleza trágica, — e é pena que não possamos recordá-la toda: «En ce moment, Gwynplaine, pris d'une émotion poignante, sentit lui monter à la gorge les sanglots. Ce qui fit, chose sinistre, qu'il éclata de rire. La contagion fut immédiate. Il y avait sur l'assemblée un nuage; il pouvait crever en épouvante; il creva en joie. Le rire, cette démence épanouie, prit toute la chambre. Les cénacles d'hommes souverains ne demandent pas mieux que de bouffonner. Ils se vengent ainsi de leur sérieux. Etre comique au dehors, et tragíque au dedans, pas de souffrance plus humiliante, pas de colère plus profonde. Gwinplaine avait cela en lui. Ses paroles voulaient agir dans un sens, son visage agissait dans l'autre; situation affreuse. Gwinplaine, pâle, avait croisé les bras; et, entouré de toutes ces figures, jeunes et vieilles, ou rayonnait la grande jubilation homérique, dans ce tourbillon de battements de mains, de trépignements et de hourras, dans cette frénésie bouffonne dont il était le centre, dans ce splendide épanchement d'hilarité, au milieu de cette gaité enorme, il avait en lui le sépulcre. C'était fini. II ne pouvait plus maîtriser ni sa face qui le trahissait, ni sou auditoire qui r'insultait. Jamais l'eternelle loi fatale, le grotesque cramponné au sublime, le rire répercutant le rugissement, la parodie en croupe du désespoir, le contre-sens entre ce qu'ou semble et ce qu'on est, n'avait éclaté avec plus diiorreur. Jamais lueur plus sinistre n'avaít éclairé la profonde nuit humaine. Gwynplaine assistait à l'effraction définitive de sa destinée par un éclat de rire...»

Nunca se imaginou, suponho eu, mais comovedora situação: no estilo ardente de Victor Hugo, Gwinplaine é o monstro desgraçado e simbólico, em cuja pessoa se resumem, e choram, e sangram, todas as monstruosidades e todas as desgraças humanas...

E a deformidade moral também não fará rir? Faz. Nada é mais ridículo do que a petulância, o orgulho exagerado, a prosápia, a mentira. Nestes casos, o riso — quer o popular, quer o literário — é um instrumento da vingança social. Haverá nada mais cômico do que a presunção de um sujeito que é ou supõe ser fidalgo de nascimento, e que, somente por isso, se considera superior aos outros homens? Riem todos desse pretencioso, e satirizam-no os poetas, como João de Deus satirizou aquele famoso *Gaspar*:

> "Ora, se não sei eu quem foi teu pai!
> Fidalgo: sei perfeitamente bem...
> O que eu não sei, Gaspar, é o que vem
> Nesta vida fazer quem já lá vai.
>
> Já se vê que é aos pais que a gente sai;
> Tal pai, tal filho! Sim! duvida alguém
> Que um pai, se é, como o teu, homem de bem,
> Tu és homem de bem como teu pai?
>
> D'isto não há quem possa duvidar...
> Mas queres um conselho que te dou?
> Não mechas nisso! calla-te, Gaspar!
>
> Que eu cá, por mim, bem sabes como sou...
> Mas é que outro talvez mande tirar
> Certidão de batismo ao teu avó!"

Não esqueçamos, porém, dois elementos preciosos do risível: os *acidentes* e os *disparates*.

Não há de certo, aqui, quem não tenha rido, ao menos uma vez, assistindo a uma queda desastrada. Todos nós, passado o frouxo de riso, corremos a socorrer quem caiu: mas o espetáculo da queda é sempre cômico. Cair é sempre ridículo: o povo, quando quer dizer que uma pessoa andou mal em qualquer situação da vida, sempre diz: «*caiu na tolice de fazer isto, caiu na asneira de fazer aquilo*... Mas os acidentes não são, apenas, físicos: também podem ser «morais».» Destes, há um, frequentíssimo, de que eu mesmo poderia ser vítima, neste momento: o «ataque de estupidez». Imaginai que se estabelecesse agora uma completa confusão nas minhas ideias, ou se baralhassem todas as notas que tenho sobre a mesa, e, em qualquer caso, que eu aqui ficasse, tonto e perdido, sem saber como acabar esta conferência. De certo, teríeis pena de mim, da minha vergonha, do meu *fiasco*; mas, antes desse movimento de compaixão, teríeis um movimento de alegria: por mais compassivos que sejamos, por menos maldosos, sempre os desastres alheios nos causam um certo prazer... e foi naturalmente por isso que certo filósofo pessimista um dia escreveu que «a melhor das criaturas humanas só é verdadeiramente boa... para o fogo!»

O *disparate*, tão explorado nas comédias, nas farsas, nas palhaçadas de circo, não consiste apenas em desencontros de palavras e de ideias: consiste, algumas vezes, em uma singular mistura do trágico e do cômico, do elevado e do rasteiro, do sublime e do vulgar. Justamente, é essa a base do que chamamos, em critica literária, o gênero herói-cômico, - a *Batrachiomachia*, o *Lutrin* de Boileau, etc. E esses disparates não existem apenas nos poemas satíricos ou nas farsas. Existem, também, frequentemente, na vida real. Deveis conhecer a anedota famosa do gago, que, para falar de modo inteligível, era obrigado a falar cantando. Certa vez, o infeliz teve de dar a um amigo uma triste noticia: a morte do pai desse amigo. E, como não podia falar senão cantando, e como, no momento, na atarantação em que estava, só se lembrou de uma toada brejeira, — foi com a música da *Maria Caxuxa* que o gago anunciou ao órfão a nova fatal: «seu pai morreu!»

O *riso na Arte*... Está claro que só poderei, no limite desta hora que está quase acabando, tratar, e ainda assim de modo rápido, do riso literário, — deixando de parte os grandes humoristas da pintura e os caricaturistas. Verdade é que a sátira, a comédia, a farsa, o poema herói-cômico também são caricaturas... escritas.

Antigamente, o riso coletivo, como o riso individual, era amplo, franco, desabusado: e o riso literário tinha esse mesmo distintivo de expansiva franqueza. Se eu quisesse aqui fazer a história da comédia e da sátira, teria de fazer a história de toda a literatura, ou, melhor, de toda a humanidade. Todas as Idades reconheceram a necessidade e a utilidade do riso, e amaram a literatura cômica. A Idade antiga e a média tiveram os seus bufões, as suas máquinas-humanas de provocar o riso, de que ainda hoje existem alguns exemplares, muito modificados pela cultura: os indivíduos a quem se dá vulgarmente o nome de *bobos de salão*.

O riso literário moderno não é franco e inocente: é filosófico e perverso. À medida que se foi apurando a civilização, — o que vale dizer: à medida que se foram apurando a prática da hipocrisia e a «religião das conveniências», — o riso espontâneo e ruidoso foi desaparecendo da literatura, como foi desaparecendo da vida.

E apareceu então na literatura um riso especial, - que é o *humour*. Que é o *humour*? É o riso individual do homem superior. O humorista pertence a uma classe especial de homens. Não é um maldizente. É um homem superior ao seu meio, um homem moralmente isolado do comum dos homens, um espírito arguto, que observa, analisa, apanha em flagrante os defeitos, os vícios, os ridículos, os aspectos risíveis da vida. O riso do humorista não é como o do selvagem ou como o da criança, nem como o do homem adulto vulgar, nem como o da multidão. É um riso de formação lenta, refletido, carregado ao mesmo tempo de bom senso e de protesto, e ao mesmo tempo cheio de imaginação, de sentimento, de razão, e de filosofia.

E notai bem: o verdadeiro humorista raríssimas vezes é um homem alegre. O riso espontâneo é sempre alegre: o riso refletido é triste. Cervantes, o criador de *Don Quixote* nunca foi um homem jovial. Shakespeare, o criador de *Falstaff*, era um melancólico. Rabelais, o criador de *Gargantua*, *Pantagruel* e *Panurgio*, era, como escreveu Sainte-Beuve, um grave doutor, um austero lente, que, nas suas lições da Faculdade de Lyão, simbolizava bem «a severa majestade da Ciência». Esse mesmo Sainte-Beuve diz que Molière, o criador de *Sganarello*, de *Mr. de Pourceaugnac*, de *Scapin*, de *Mr. Jourdain*, de *Mascarille*, era um triste. Montaigne era um misantropo, Sterne era um abatido, Swift era um desesperado...

No riso dos humoristas, há tanto de revolta quanto de piedade.

Alguns deles atacam e satirizam, de preferência, os defeitos e as desgraças que são os seus próprios defeitos e as suas próprias desgraças. Uma das desventuras humanas que o grande Molière mais frequentemente pôs em cena foi a dos maridos... como direi?... condescendentes. Pois bem! Molière era um desses maridos. E não sei se, quando ele assim satirizava os seus companheiros de infortúnio conjugal, não era o seu próprio ridículo que lhe estava doendo e sangrando na alma...

Quando não há revolta no riso dos humoristas, há piedade. Parece, a princípio, que Shakespeare não tem dó de *Falstaff*, quando o mostra rebaixado nos mais torpes vícios, e que Cervantes não tem piedade de *D. Quixote*, quando dele faz um «armazém e depósito de pancadas.» Mas não! a piedade de Shakespeare e de Cervantes não é o que vulgarmente chamamos dó ou pena; Shakespeare e Cervantes não têm dó ou pena de um homem, de um tipo, fictício ou real ; a sua piedade é mais vasta: o que eles sentem é dó da Humanidade, que é capaz de ter no seu seio um patife repulsivo como *Falstaff*, ou um louco desgraçado como *D. Quixote*...

Esse riso literário, esse humour, em que há sempre muito mais de tristeza do que de alegria, é o riso cujo desenvolvimento e cuja eternidade devemos desejar? Não, de certo. Não sou humorista, — não gosto de estudar os defeitos alheios, porque não gosto de pensar nos meus próprios defeitos. Amo apaixonadamente a vida, e julgo que ela seria mais bela, mais agradável, mais feliz, se não tivéssemos quase de todo perdido a faculdade de rir, de rir à larga, como riem as crianças.

O riso literário, ao mesmo tempo bom e mau, piedoso e irônico, será sempre mais ou menos o que é hoje: porque todo o produto do pensamento humano há de sempre ser triste. Nós, porém, não viemos ao mundo apenas para pensar: viemos também para amar e gozar. Se somente fossem tristes os que apenas vivem para pensar, o mal não seria grande. Mas todos são tristes, todos! e ninguém sabe francamente rir, ninguém! nesta civilização aborrecida...

Por quê? por que foi que desapareceu o Riso da face da terra?

Pela vitória da hipocrisia, já o sabemos. Mas os homens não inventaram a hipocrisia pelo simples prazer de a inventar. Ela exprime qualquer cousa: exprime a consciência, que todos temos, de ser a Vida mal feita e mal organizada, carregada de crimes e de injustiças: por isso, talvez, fomos instintivamente sufocando e matando a nossa disposição natural para o riso, porque fomos julgando que seria monstruoso e absurdo rir, no meio de tantos crimes e de tantas injustiças.

A vida, porém, será sempre assim? Os homens serão sempre os mesmos?

Não! Quero fechar esta conferência com a afirmação da minha crença irredutível num futuro melhor. Sou um utopista? A utopia é apenas a antemanhã de uma realidade, o berço em que dorme uma certeza. Nós não podemos operar de chofre o milagre da ressurreição do Riso alegre, franco e inocente. Mas podemos e devemos desejar que ele ressurja, no dia em que a Vida for melhor, e em que melhores forem os homens. Esse dia ainda está longe; a humanidade, porém, está caminhando para ele, como os hebreus caminhavam para a Terra da Promissão. Assim como foram desaparecendo da face da terra os escravos, também irão desaparecendo os pobres e os espezinhados. Por que motivo o pão, a felicidade e a justiça não hão de ser para todos, como para todos são o ar e a luz?

E, ah! que não possamos nós, minhas senhoras e meus senhores, voltar a este mundo, nesse tempo de ouro, — quando ele for deliciosamente habitável, pela bondade de todos os seus habitantes, e pelo riso luminoso de todos os seres!